Bessie Coleman

”بہادر بیسی“ یہ نام لوگوں نے ایک نوجوان عورت بیسی کولمین کو اس وقت دیا جب ۱۹۲۰ کی دہائی میں اس نے پورے امریکہ میں اپنے ہوائی جہاز کی پرواز کے کرتب دکھا کر ایک دھوم مچا دی تھی۔ وہ ۱۸۹۳ میں پیدا ہوئی۔ یہ وہ زمانہ تھا جب ایک عورت کے لئے ہوائی جہاز اڑانا بیحد مشکل تھا اور ایک کالی عورت کے لئے تو پائلٹ بننا تقریباً ناممکن ہی تھا۔ اس کے باوجود بیسی نے اپنے خواب کی تعبیر دیکھ لی اور ۱۹۲۲ میں وہ پوری دنیا میں پہلی کالی عورت تھی جس کو ہوائی جہاز اڑانے کا لائسنس ملا تھا۔

"*Brave Bessie*" was the name that people gave to the young pilot Bessie Coleman in the 1920s, when she flew as a dare-devil stunt pilot in air shows all over the United States. Born in 1893, she grew up at a time when it was difficult for any woman to become a pilot but for a black woman it seemed impossible. All the same, Bessie followed her dream and in 1922 she became the first licensed black aviator in the world.

To the family of Bessie Coleman,
with admiration and respect
from another flying family
R.L.

For my darling Richard
P.P.

Grateful acknowledgement and warm thanks above all
to Phil Hart, who remembered to tell the stories,
and to the memory of Professor George Bass of Brown
University, who never forgot the songs.
Finally, infinite affection to my editor and dear friend,
Amy Ehrlich, who from the very beginning has believed in
the Bessie Coleman story, and in this poem.
R.L.

First published 1996 by Walker Books Ltd
87 Vauxhall Walk, London SE11 5HJ

10 9 8 7 6 5 4 3 2 1

Printed in Hong Kong

Mantra Publishing
5 Alexandrra Grove
London N12 8NU

آسمان کسی کی ملکیت نہیں ہے

Nobody
Owns the Sky

Written by Reeve Lindbergh

Illustrated by Pamela Paparone

Translated by Qamar Zamani

MANTRA

ایک زمانے میں ایک نوجوان عورت تھی جس کو اُڑنے کی بیحد خواہش تھی۔
لیکن لوگوں نے اس سے کہا "اس خواہش کو الوداع کہدو!
آسمان بہت وسیع اور بہت اُونچا ہے
اور تم کبھی بھی اُڑ نہیں سکو گی۔ لہذا کوشش بیکار ہے۔" لیکن وہ
عورت ہنسی اور صرف اتنا کہا "کیوں؟ آسمان پر تو کسی کا حق نہیں
ہے۔!"

There was a young woman who wanted to fly,
But people said, "Kiss that wish good-bye!
The sky's too big, and the sky's too high,
And you never will fly, so you'd better not try."
But this woman laughed, and just said "Why?
Nobody owns the sky!"

اُوپر فاختہ اُڑ رہی تھی ، اور چیل بھی ۔

Up above flew the dove, and the raven too,

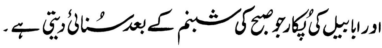

اور سُرخ رنگ کی چِڑیاں اور نیلے رنگ کے نیل کنٹھ

With the redbirds red and the bluebirds blue

اور بھُورے رنگ کے باز دُور کہیں چکّر لگاتے ہوئے ،

And the brown hawks circling, far and few,

اور ابابیل کی پُکار جو صبح کی شبنم کے بعد سُنائی دیتی ہے ۔

And the call of the swallows that follow the dew

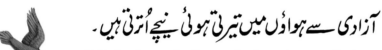

جب مُرغابیاں اُوپر آسمان سے سفر کرتی ہوئی ،

When the high wild geese come travelling through

آزادی سے ہواؤں میں تیرتی ہوئی نیچے اُترتی ہیں ۔

With the wind on their wings, flying free, flying true.

اس نے ان سب کو آواز دی ۔ " ذرا سُنو !

She called to them all, and she said, "Hey, you!

" میں بھی اُوپر آ رہی ہوں ! "

I'm coming up there too!"

بیسی کولمین تقریباً ایک صدی پہلے ٹیکساس میں پروان چڑھی۔ وہ سمندر کے کنارے ایک چھوٹے سے لکڑی کے بنے ہوئے مکان میں رہتی تھی۔ وہ کھیتوں میں کام کر کے برف کی طرح سفید روئی کے گالے جمع کرتی تھی۔

Bessie Coleman grew up a century ago
In a cabin built near where the creek waters flow.
She worked picking cotton, as white as the snow.

اُوپر آسمان پر روئی کی طرح سفید بادلوں کو گزرتے ہوئے دیکھتی اور
سوچتی کاش میں بھی ان کی طرح اُوپر، نیچے، ہر طرف اُڑ سکتی۔

And watched cottony clouds up above come and go.
Bessie wished she could rise up and fly, high and low,
Over Texas, a long time ago.

بیسی اسکول میں بہت محنت سے دل لگاکراپناکام کرتی تھی لیکن اس کے خوابوں میں اُڑان بسی ہوئی تھی.
لوگ کہتے تھے وہ پاگل ہے ۔ ایسا ہو ہی نہیں سکتااور یہ ٹھیک بھی نہیں ہوگا.
"تم ایک لڑکی ہو۔ مرد نہیں ۔ اور تمہارا تورنگ بھی سفید نہیں ہے !"
لیکن کیا اس نے خواب دیکھنا چھوڑ دیا ؟ بالکل نہیں !

Bessie worked hard at school, and she dreamed about flight.
People said she was crazy: it wouldn't be right.
"You're a girl, not a man, and you're not even white!"
But did she stop dreaming? Not quite!

QRSTUVVWXYZ
LOU
Nancy
BESSIE

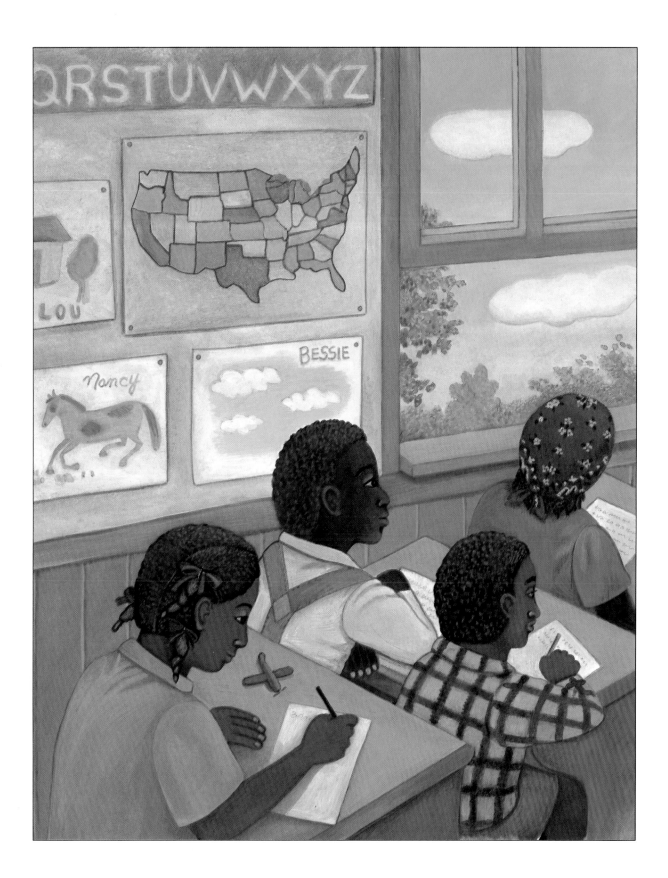

وہ آگے پڑھنے کے لئے کالج گئی اور چاہتی تھی کہ اپنی تعلیم جاری رکھے۔ لیکن اس کے لئے پیسوں کی ضرورت
تھی اور وہ یہ رقم ادا نہیں کر سکتی تھی۔ لہذا وہ شکاگو میں رہنے لگی اور دن رات کام کرنا شروع کر دیا۔

She went off to college and wanted to stay,
But it cost so much money that she couldn't pay.
She moved to Chicago and worked every day

وہائٹ سوکس نام کی نائی کی دکان پر اس نے کام شروع کردیا۔ "سفید لوگ اُڑ سکتے ہیں میں کیوں نہیں
اُڑ سکتی؟" وہ کہتی تھی۔ لیکن اُڑنا سکھانے والے اسکولوں نے اس کو داخلہ نہیں دیا۔

At the White Sox barber shop, earning her way.
"White men can fly. Why can't I?" she would say,
But the flying schools turned her away.

بیسی آسمانوں میں پرواز کرنے کے خواب دیکھتی رہی لیکن اس کی سمجھ میں نہیں آتا تھا کہ کہاں جائے۔ پھر ایک دن کسی نے کہا، "تم فرانس جا کر اُڑنا سیکھو! وہ لوگ پرواہ نہیں کریں گے کہ تمہارا رنگ کالا ہے یا تم ایک عورت ہو۔" لہذا بیسی وہاں گئی۔ وہ جوان، صحت مند اور چاق و چوبند تھی۔ اس کے پاس ہمت کی کمی نہیں تھی۔ لہذا وہ اُڑنے میں اس قدر ماہر ہو گئی جیسے کہ ایک باز ہوا میں پرواز کرتا ہے۔

And Bessie dreamed about flying, but didn't know where.
Then one day someone said, "Fly in France! They won't care
That you're black, and a woman." So Bessie went there.
She was young, tough, and smart, she had courage to spare,
And she took like a hawk to the air.

بیسی جب اپنے گھر واپس آئی تو ایک پائلٹ بن چکی تھی ۔ اس کی خوشی اور غرور کی کوئی اِنتہا نہ تھی ! وہ ہوا میں پرواز کر سکتی تھی اُوپر نیچے تیر سکتی تھی ۔ بادلوں میں چکر لگا سکتی تھی ۔ پیرا شوٹ سے نیچے اتر سکتی تھی اور ہوائی ُجہاز کو گول گھما سکتی تھی ۔ ۔ ۔ اس کو دیکھنے کے لئے ہزاروں لوگ آتے تھے ۔

Bessie came home a pilot, so happy and proud!
She could ride on the wind, glide and spin in a cloud,
Parachute, loop the loop… Bessie drew a huge crowd.

جب وہ ہوائی اڈّوں اور تازہ کھُدے ہوئے کھیتوں کے اُوپر پرواز کرتی تو لوگ اس کی ہمّت اور ولولے
کی داد دیتے ۔ ”بہادر بیسی ! “ وہ اس کو سراہتے ہوئے چیختے ۔

When she flew over airports or fields barely ploughed
Her courage and daring had everyone wowed.
"Brave Bessie!" they shouted out loud.

جب بیسی زمین پر واپس آتی تو وہ لوگوں کے سامنے تقریریں کرتی. لوگ اس کو سُننے
کے لئے چرچ میں اور شہر کے دُوسرے ہال میں جمع ہوتے .
" آؤ ۔ پرواز کرو ۔ لڑکے اور لڑکیاں ! کالے ، گورے ، لمبے ، چھوٹے ؛ ہواؤں
میں احاطہ ، کوئی باڑ ھ نہیں ہے . وہاں کوئی دیوار نہیں ہے ۔
نیلے آسمان میں ہم سب کے لئے جگہ ہے . "

On the ground Bessie lectured to crowds big and small -
People gathered in church or inside the town hall.
"Come and fly, boys and girls! Black or white, short or tall,
The air has no barrier, boundary, or wall.
The blue sky has room for us all."

BESSIE
COLEMAN
TONIGHT

بیسی کی زندگی لمبی نہیں تھی۔ لیکن اس نے دُور دُور تک کے ملکوں میں پرواز کی
تھی۔ بوسٹن میں اس کے فضائی تماشے لوگوں کی آنکھوں میں خوشی کے
ستارے بھر دیتے۔ لیکن جیکسن وِلا، فلوریڈا میں ہر ایک کی
آنکھوں میں آنسو بھر آئے جب بیسی کا جہاز خراب ہو گیا، وہ زمین پر گری اور دم توڑ دیا . . .
"خدا حافظ، خدا حافظ، بہادر بیسی!" انھوں نے آہ بھری۔

Bessie's life was not long but she flew far and wide
Her air shows in Boston left crowds starry-eyed
But in Jacksonville, Florida, everyone cried...
Because Bessie's plane failed, and she fell, and she died.
"Farewell, Farewell Brave Bessie!" they sighed.

دوسرے نوجوان مرد اور عورتیں بھی پرواز کرنا چاہتے تھے اور لوگوں نے کہا "کوشش کرنے
میں کیا حرج ہے؟ آسمان تو ابھی بھی بہت وسیع اور اونچا ہے۔

Other young men and women wanted to fly
And people said, "Why not give it a try?
The sky's still big and the sky's still high,

لیکن تم رفتہ رفتہ وہاں پہنچ ہی جاؤگے ۔ مرتے دم تک اس کے الفاظ یاد رکھنا ۔
آسمان کسی کی ملکیت نہیں ہے !"

But you're bound to get there, by and by.
Just remember her words till the day you die,
Nobody owns the sky!"

اُوپر دیکھو ، فاختہ اور چیل کو

Look above, see the dove, and the raven too,

سُرخ رنگ کی چڑیاں اور نیلے رنگ کے نیل کنٹھ

With the redbirds red and the bluebirds blue

اور بھُورے رنگ کے باز دُور کہیں چکّر لگاتے ہوئے ،

And the brown hawks circling, far and few,

اور ابابیل کی پکار جو صبح کی شبنم کے بعد سُنائی دیتی ہے ۔

And the call of the swallows that follow the dew

اور جب مُرغابیاں اُوپر آسمان سے سفر کرتی ہوئی

When the high wild geese come travelling through

آزادی سے ہواؤں میں تیرتی ہوئی نیچے اترتی ہیں ۔

With the wind on their wings, flying free, flying true.

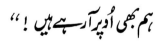

تم ان سب کو پُکار سکتے ہو۔ تم کہہ سکتے ہو " ذرا سُنو !

You can call to them all, you can say, "Hey, you!

ہم بھی اُوپر آ رہے ہیں ! "

I'm coming up there too!"